내게 이제 와 나직이 묻는다

강신형

경상남도 마산에서 태어났다.

1978년 개천예술제 대상 수상, 1985년 『민족문학』을 통해 시인으로 등단했다.

시집 『빛 그리고 돌』 『표적을 위하여』 『꿈꾸는 섬』 『꿈,꾸다』 『관심 밖의 시간』 『내게 이제 와 나직이 묻는다』를 썼다.

남명문학상 신인상, 마산시 문화상 등을 수상했다.

마산문인협회 이사, 경남문인협회·민족작가협회 회원, 『문화통신』 『경남예총』 『창원시보』 편집장, 마산예술인총연합회 수석부회장, 마산대동제 운영위원장·대회장 등을 역임했다.

파란시선 0124 내게 이제 와 나직이 묻는다

1판 1쇄 펴낸날 2023년 4월 10일
지은이 강신형
디자인 최선영
인쇄인 (주)두경 정지오
펴낸이 채상우
펴낸곳 (주)함께하는출판그룹파란
등록번호 제2015-000068호
등록일자 2015년 9월 15일
주소 (10387) 경기도 고양시 일산서구 중앙로 1455 대우시티프라자 B1 202-1호
전화 031-919-4288
팩스 031-919-4287
모바일팩스 0504-441-3439
이메일 bookparan2015@hanmail.net

ⓒ강신형, 2023, printed in Seoul, Korea

ISBN 979-11-91897-52-4 03810

값 12,000원

내게 이제 와 나직이 묻는다

강신형 시집

시인의 말

하얀 도화지에 찍은 점 하나로 시작된 삶에 대한 생각이 어느덧 서산에 걸렸다.

이즈음에 와서는 무엇을 기대했고, 무엇을 얻었으며, 무엇을 잃어버렸는가는 중요하지가 않다.

아직은 파랗게 혹은 노랗게, 빨갛게, 생김대로 물들어 가는 단풍의 마음으로 햇살과 구름과 바람에게 그저 고마워할 뿐이다.

차례

시인의 말

제1부 생애

가시

두 눈에 들어앉은 들보를
생각하지 못한 어리석음으로
손톱 밑에 박힌 가시를 뽑는다

다가서는 마음일수록 더욱
깊이 파고드는 애절한 아픔이여!
쿡, 쿡, 쿡 찔러 굳은살이 되고
화인(火印)이 되어라

허락된 시간이 멈춰 선 날은
이미 오래전이고 남은 것은
열두 개의 기둥에 손을 얹어
묵은 생애를 위무하는 일뿐

돋아나라 가시

쿡, 쿡, 쿡 찔러
나의 봄이 되고, 겨울이 되어라.

찬란한

발가락 사이에서부터 꼼지락대던
검푸른 곰팡이가 목구멍 근처에서 허옇게
피어날 때쯤

그도 아니면 가을이 끝날 무렵
화단 들꽃 무덤 아래에서 무심코 보았던
버러지 한 마리의 이별 노래가 끝날 때쯤

한 시절 내내 입었던 외투와 속옷을 벗어
햇볕 좋은 바람결에 걸어 두고
또다시 세월의 강을 거슬러 오르게 되면
어쩜, 아름답게 빛났던 봄꽃 피는 소리를
들을 수 있을지도 몰라

썩어져 찬란한.

돌아가겠노라고

양철 지붕을 때리는 빗소리가
경쾌한 일탈을 노래하는
시간이 오고

석삼년쯤 간수를 뺀 얼굴이
소금빛으로 머리칼을 풀 수 있다면

쉼 없는 푸른 물빛의 저 거친 장단에
건들거렸던 어깨춤을 다 내려놓고

이제는 돌아갈 수 있으리라고,
돌아가겠노라고 대답할 수 있을까?

둥, 둥, 둥 떠도는 득음으로
목이 긴 축생의 어두웠던 새벽을
밝힐 수나 있을까?

무화과

—

　푸른 잎 그늘에 앉아 한나절 밝아진 눈을 좋아라 한 나
는, 좀벌들의 사랑 노래가 피는 소리를 보지 못했네

　꽃을 피우고, 피우지 않는 마음도 생김 그대로가 거룩
한 말씀이 되고 꽃이 됨을 정작에 몰랐네

　가죽옷을 입혀 주신 선한 방이여

　아, 부끄러워라.

　●좀벌: 무화과나무는 번식을 위해 열매 주머니 안으로 무화과좀벌이
란 전용 곤충을 불러들이고 꽃을 피운다.

머릿속에서 종이 울렸다

새하얗게 물든 머릿속에서 종이 울렸다.

되돌릴 수 없는 날들의 가시관을 내려놓고 오랫동안 가슴팍에 매달아 놓았던 별리의 아픔이 해제되는 시간이다

이러한 날을 위해 수십 번이고 사랑과 감사에 대한 인사를 준비한 나는, 한꺼번에 목울대를 타고 내리는 슬픔의 강물에 마침내 발길 닿는 곳마다 간직했던 '바람의 노래'를 풀어놓을 수가 있었다

하나가 둘이 되고, 둘이 다시 하나가 되어도 아무렇지도 않은 삶의 방식에 익숙하게 손을 내밀며 머릿속을 텅 비워 낼 수 있었다

나직하게 불러 보는 '고마웠다'는 인사 한 말씀으로.

거울 1

—

겨울과 봄이 겹치는 맑은 날
모난 돌 한 조각 쨍그렁 가슴팍에
날아들어 행여, 기억해 내지 못한
나를 깨웠다

언제부터 거기 들어가 서 있었는지를
빙벽이 되고 나서야 알게 되었다고
잠깐 실토했지만,

사실 새가 날고, 꿈이 자라던 자리가
무럭무럭 피어올라 아지랑이가 되고
바람이 되어 사그라지는 연습을 위한
순간이 필요하다고 되뇌어 보았지만,

정작 꽃이 폈고 낙엽이 지는 행적은
그래도 아직 오리무중임을 말하지
못했다

쨍그렁 하고 겨울과 봄이 한꺼번에
부서지는 맑은 날의 그 슬픔에는

—

누군가도 깨어 있질 않았고
빛나지도 않았음을

흘러내리듯 미끄러지는 모난 돌
한 조각 박혔을 뿐임을.

거울 2

단언컨대 누구라고 말할 수 있을까?

말하고자 하는 누구라고 지목할 수 있을까?

하얀 겨울의 침묵처럼

어쩌면 여름날의 소나기처럼

무던하게 세월을 뭉기며 산 얼굴

또 하루 역겹게 불어오는 바람에

쓸려 간다, 쓸려 간다

누구라고 감히 부를 수 없는

이름의 평면.

거울 3

한 번씩, 한 걸음씩
내디뎌 보라

한 번씩, 한 걸음씩
올라서 보라

질펀한 땅과 목마른 하늘

거기 누가 서 있는가?

간들거리는 바람과
쓸려 가는 나의 목

휘영청
달이 떴는가, 졌는가?

거울 4

적당한 간격을 두고
마주 선 평면에는
하얗게 빛이 바랜 오늘이
걸려 있고

땡~ 하고
시간의 절벽에 갇힌 그대는
아직도 푸른 망토를 두른
고래 한 마리를 그리네

풀려라 마법이여.

별을 생각한다는 것은

한밤중, 베개에 머리를 두고
별을 생각한다는 것은
배꼽에서부터 자라 나온
아릿한 생애를 길어 올리는 것

아무에게도 말하지 않았던
푸른 눈물을 기쁨이 슬픔에게
전하는 것

창을 열고 다가선 우주가
찐득한 바람으로 고단했던
나의 침상을 덮고 지나가는 것.

이랴~이랴, 자랴~자랴

땅에 꽂힌 보습의 무딘 날이 되어서도
쟁기질을 멈추지 않는 늙은 소의
발걸음을 닮고 싶어 결코, 휘날리지 않는
깃발을 등에 꽂고 해넘이로는 넘지 못할
언덕배기 고갯길을 간다

이랴~이랴, 자랴~자랴

뒤돌아보지도 마라, 한눈팔지도 마라
발끝에 차이는 돌멩이의 아픔과
등줄기를 타고 내리는 땀방울은
숙명이었고, 눈물이었다고
생각하자

그러다가 이랑 깊은 한순간
워~어 하고 깃발이 꽃바람을
흔들어 대는 날이 오면
그제서야 늙은 소의 눈망울이 되어
오랜 멍에를 내려놓자

이랴~이랴, 자랴~자랴.

아라리 아라리요

햇살 밝은 날 아프리카 흰 코뿔소 한 마리가 하늘을 날고, 물 밖 세상 구경을 나온 바다거북 한 마리가 옆구리에 날개를 단다면 매일같이 수직이 아닌 수평을 꿈꾸고 살아온 나는 대체 무슨 꿈을 꾸었을까?

아라리 아라리요.

곧게 발을 내디뎠던 빙산 한 조각 쨍그렁 하고 금이 가는 밝은 날의 초상(肖像)

아리아리 아라리요.

●아라리 아라리요: 아! 어디에 계십니까.

그럼에도 불구하고

눈부신 아침 햇살을 품은 이슬방울이 오감을 깨우던 날들이 지나가고, 보름 달빛을 건너는 고해의 바다가 시퍼렇게 달아올라도 아직껏 밝은 눈을 가진 부엉이 한 마리조차 닮아 가지 못한 나는, 땅에 딩구는 낙엽마저 밟기 민망한 저녁나절 늘 넉넉한 그늘이 되고 기쁨이 되는 당신의 말씀에 축 처진 양 귀를 걸어 둡니다. 그럼에도 불구하고.

고요로움

사랑이라는 것?

참, 몰랐지

목덜미를 간지럽히는
열 손가락의 햇살

봄날의 부드러움처럼 다가서는
신(神)의 이야기

정말 몰랐지,
생각도 하지 못했지

별은 지고
골목을 휘돌았던 바람
또 하루의 안녕을 걱정하는
발길에 감겨드는데

사랑을 아느냐고
오늘도 묻는다

물고기 세 마리가 가슴팍에 노니는
놀라운 고요로움.

•익투스(ICHTHUS, 물고기): 예수 그리스도, 하느님 아들, 구세주.

어디 있을까

읽다 만 책을 덮고
돋보기를 쓴 채
나른한 소파에 길게 드러누운 날
가슴에 별이 내리고
똥개 한 마리가 짖었다

컹,
컹,
컹,

선홍색 긴 혓바닥의 무늬로
머리칼부터 발바닥까지
확대되어 가는 별의 무게만큼
잦아드는 생애에 대한 변명

어디 있을까
돋보기 속으로 빠져든
나의 알맹이는.

제2부 흔적

흔적의 노래 1

먹이를 사이에 두고 붉은 혓바닥을 날름거리던 검은 고양이와 긴 수염을 곧추세운 흰 고양이가 잔뜩 몸뚱이를 웅크린 사이, 쨍하게 볕 들 날을 기다리던 쥐구멍 속에는 배를 뒤집고 누운 얼룩 고양이 한 마리 진작.

흔적의 노래 2

봄 세수만으로 능히 수백 갈래 휘늘어진 버드나무 아래, 중늙은이 셋 술판을 펼쳤다. 첫 번째 머리칼이 까만 중늙은이 내일을 위해 술잔을 든다고 했고, 두 번째 반백의 중늙은이 오늘을 위해 술잔을 마신다고 하는데, 세 번째 온백의 중늙은이는 어제를 위해 술잔을 비웠다고 한다.

모가지를 타고 넘는 짜릿한 술 한 모금이 지금 천국인데.

흔적의 노래 3

바다가 그득하게 담긴 눈 안에 잠시 너울이 일고 봄이 무르익어 갈 때쯤 거울 앞에 선 남자는 먹거나, 먹힌 생 (生)의 수식(修飾)을 말하며 진달래 혹은 참꽃을 발음했다. 그리고 곧바로 신의 한 수로 선명하게 내려앉는 꽃잎을 바라보며 두견, 두견을 노래했다.

밥 1

세상의 가장자리에 선 그대가
굶주린 눈으로 나를 바라본다면
나는 허기진 그대를 위해 기꺼이
뜸이 잘 든 밥이 되겠습니다

맑은 대낮 한나절 보름달 같은
간절한 밥이 되겠습니다

가마솥에 눌은밥인들
꽃대궐에 버무려진 밥인들
누가 뭐라 하겠습니까?

그저 꼭꼭 씹어 삼키는 그대의
목구멍과 뱃가죽을 따습고 배부르게
하는 단물이었음 합니다

슬슬 땀이 솟구쳐 나는
부뚜막 앞의 시간입니다.

밥 2

한 끼 땟거리를 위해 분주했던
출퇴근의 날들을 내려놓고
삼식(三食)이가 되지 않으려고
집을 나서는 요즘에는
뒷산 높이만큼 쌓였을
밥그릇 개수가
입맛을 돌게 하는 찬 하나 없어도
나를 배부르게 하네

가벼워진 밥의 무게여.

쓰레기들 1

한없이 핀다
봄
치워도 끝없는 봉오리들.

따갑게 햇살 젖는다
여름
끈적끈적한 생의 거머리들.

정수리에 앉았다
가을
쉼 없는 막장의 노래들.

문풍지다 코앞의 언
겨울
잊히지 않는 사람들의 가여운 숨소리.

마음은 정작 콩밭에 가 있고
광장 가득 날아오르는
정체불명의 흰소리들이 토해 낸
쓰레기, 쓰레기들.

무궁화는 피고 또 피었는가?

쓰레기들 2

눈 깜박할 사이에 치워져야 할
쓰레기들이 내뱉는
천지창조의 황당함

헛디딘 발걸음으로 날아간
엘리베이터의 높이만큼
어디에도 살아 있지 않은 존재의
슬픔을 기억하겠는가?

네가 떠나고, 내가 떠난
아득한 절벽에 서서
다시 방(榜)을 붙여 묻는다.

삼복(三伏)

무더위가 떼로 기승을 부려 대는
삼복을 생각한다면 개나 닭의
모가지를 틀어 잡는 게 우선순위
일 것인데

알량한 밑천 금세 다 드러낸 채
체~체~체 하는
요즘의 개집과 닭장 안은
민심도, 정의도, 소통도
없는 삼복의 세상이다

주인을 모르는 똥개가
지 잘난 맛에 컹~컹~컹
개소리를 흉내 내고
새벽도 없는 닭대가리들이
꼬끼오~ 하고 울어 대는
천국이다.

빈칸, 빈칸, 빈칸
—비가 내리네

―

비가 내리네
우울을 삶아 먹듯이.

폭풍우 전날 밤
이불을 뒤집어쓰고
양의 탈을 쓴 늑대 주둥이를
핥은 독설은

빈칸
빈칸
빈칸

우라질 놈의 이야기들
씨부럴 잡것들의 이야기들
즐비한

빈칸
빈칸
빈칸

―

울어라 열풍아
하얀 밤, 새하얀 밤
날이 새도록.

이명
—달팽이 감옥

어제와 오늘의 일이 아닌 듯싶소.

귀를 열고 막는다고 되는 일도 아닌 듯싶소.

눈을 감고 뜨는 일 또한 상관이 없는 듯하오.

그렇다고 회유의 휘파람을 부는 일은 더더욱 아닌 듯하오.

일찌감치 불볕더위를 예감하지 못한 문제의 철새 한 마리.

불쑥, 구만리 하늘길을 닫아 버린 달팽이 감옥.

이명
―봄날

어스름 녘에 창을 열고
새소리 듣는다

살아 있다고 여기는 자들이
눈을 감고 뜨는 시간의 우듬지

정작, 새는 없고 어둠이 들고나는
환청만이 가득하다

눈과 귀가
멀어져 가는 어느 날
봄, 봄.

이명

—여름날

—

귀 안에 매미 여럿 산다
어지럼병이 도져 가는 여름 한낮

무궁한 봄을 훈장처럼 노래하는
암울한 땅의 햇볕 아래
별것 아닌 세상사로 또 다른 별종이 된
매미들이 두루뭉술 풀어놓는
저들만의 썰

그래, 사람 사는 일이 별것이냐?
너들 또한 별것이었겠느냐?

마음 다독거리며 재촉하는 어시장 좌판 길
푸른 바다가 해감하는 바지락 대야에도
어느새 따라 앉은 매미 여럿

자꾸만 헛것만 들리는 여름날.

—

이명

―좌우

거룩한 말씀만을 새겨들으려고
귀를 열어 두었는데
뇌관이 빠진 혼돈의 나라에
서 있는 요즘,

나의 귀에는
곪아 터져 가는 아우성만
가득하다

'비겁하다, 비겁하다' 하고
윙윙대는
한 쌍의 슬픈 좌우.

요즘, 시(詩)들

—

낯을 꽂을까, 호미를 꽂을까.

ㄱ부터 ㅎ까지

ㅏ부터 ㅣ까지

직유에서 은유까지

머리칼에서 발끝까지

산발과 까까중이 어우러져
시시덕거리는 우뚝한 유희

정작

넌,

넌 뭐냐.

—

고독은

고독은 언제나 내 주머니 속에 있다.

잘 다듬어진 백 원 동전의 뒷면처럼,

참말로 완벽하게 거짓말을 하는

눈물을 보여 줘

경이로움을 말하는 나의 혓바닥처럼.

제3부 바람

TV가 근거 없는 똥을 싸면

TV가 근거 없는 똥을 싸면 환한 웃음도, 깊은 슬픔도, 나약한 주검도, 애절한 사랑도, 어설픈 믿음도 모두 다 똥이 된다.

그러기에 함부로 나의 이름을 부르지도 말고, 너의 고단한 날개도 펴지 마라.

똥이 황금이 되는 날은 결코 오지 않을 것이고, 그러던 어느 날 TV는 모든 십자가를 가슴팍에 내려놓고 또 근거 없이 신을 찾을 것이다.

굶주린 암고양이가 나의 껍데기와 너의 두툼한 살집을 버무려 놓은 먹이를 화면에 두고 야~옹, 야~옹 비둘기들을 부르는 소리를 낼 것이다.

똥이 된장이 될 수 없고, 된장이 똥이 될 수 없는 간단한 사실에 속아 넘어가는 위(胃)대한 시절의 하루.

발치

목구멍이 포도청이라는 그 슬픔을 매일같이 뜯고 갈아 온 새빨간 잇몸에서 목숨을 다한 또 한 마리의 코끼리가 오늘 탈출을 감행했다

고놈, 고놈.

다툼도, 어김도 없이 나를 지켜 준 서른두 마리 코끼리 들의 끝없는 자유여!

언제쯤 잊고 산 내 삶의 미학도 겸손과 감사로 하얗게 빛날 수 있을까?

즐거운 고놈, 고놈들.

내 친구 진한 씨

산 높고 숲 짙은 마산 진전면 대정리에서 거락계곡 물길 동무 삼아 떡방앗간을 운영하는 내 친구 진한 씨.

일찍이 알콩달콩 살아온 마나님 하늘나라에 앞세우고 뚝, 뚝 떨군 눈물을 거름으로 새난이, 고운이 아들 딸 쌍둥이 곱게 차려 입혀 험한 세상 내보내 놓고 봄이면 쑥설기, 여름이면 미숫가루, 가을이면 고춧가루, 겨울이면 떡국가래 한철 농사로 새악시와 부르튼 손길 부여잡고 살고 있다네

구릿빛 선한 얼굴의 눈웃음으로 단맛, 고순맛, 매운맛까지 쫄깃하게 내주며 세월을 갈아엎고 살고 있다네

양철 지붕 두드리는 흥건한 빗소리 가득하게 부어 들이키는 막걸리 한 사발에 잠겨 드는 정겨운 얼굴. 내 친구 진한 씨.

●떡국가래: 가래떡의 경상도 방언.

마두금의 노래

잃어버린 어머니의 나라에서
목이 마른 어린 낙타의
처절한 울음소리가 광야를
찢고 나서야
마침내 간절한 사랑을 위한
마두금은 왕방울 같은 눈물로
뚝, 뚝
젖을 물렸다

나에게,

오랜 상처가 세상에서 가장 슬픈
절규와 본능으로 완성되는
찰현악기의 노래.

●마두금: 몽골의 민속 현악기. 말총이나 명주실로 만든 두 개의 긴 현
으로 연결되어 있으며, 연주할 때 왼손으로 현을 누르고 오른손으로
활을 당겨 소리를 낸다.

54

이사

이사를 간다는 것은
세월의 깊이 속에 자란
흰 머리칼과 생각과 체취를
남겨 두고
흔들리는 바람과 풀잎을 따라
다시 몸 누일 곳을 찾아
떠난다는 것

잘 있거라.

변명 1

한 갑자를 훌쩍 뛰어넘은
저녁노을에 얼굴을 담가 봅니다

아직도 새파랗게 돋아나는
마음은 세상 어디에 던져 놓아도
살아 나갈 법도 한데

자꾸만 뒷짐을 지고 선 생각은
어제의 허방다리가,
오늘의 작심삼일이
영 께름칙합니다

흔적도 없이 녹아내리는
눈송이 같은 믿음에
변명하지 않겠습니다

입 닫고, 귀 닫고 저녁노을처럼
고요히 저물겠습니다

더 이상 변명하지 않겠습니다.

56

변명 2

입을 다물라 하면 다물겠습니다

귀를 닫으라 하면 닫겠습니다

눈을 감으라 하면 감겠습니다

입 열고, 귀 열고, 눈 뜨고
나름 살아온 세월의 악다구니가
발등에 떨어진 불이 되고
손톱 밑 가시로 돋아남을
새삼스럽게 깨닫게 하는,

오늘 하루를 마감하는
시간이 다 되어 갑니다.

매화

일생을 추위로 견뎌 낸

그대의 환한 말씀

한 갑자를 뛰어넘고 선

오늘 아침, 고맙게도

내 이목구비에 피었는데

아직도 오지 않은 봄은

꽃이 될래? 별이 될래?

묻고 선 부끄러움.

작약을 말하다
—꿈

붉게 농익은 작약 꽃봉오리
환하게 터지던 지난밤
그대가 들려준 수줍은 사랑 노래가
천연의 강을 거슬러 오르는
내밀한 숨소리임을 꿈꾸듯 알았네.

소풍

흔들리는 풀잎과 나뭇가지를
사이에 두고 서 있는 한 장의
사진

마음 찐한 친구들과
손가락을 걸고 어쩌면 마지막으로
걸었던 길이 되었을 법도 한
소풍

사진 속
한 아이가 뒷짐을 지고 선
내게, 이제 와 나직이 묻는다

여여(如如)했던 사람의
안부를.

나의 우주는

하늘그네에 걸터앉은
나의 우주는

흔들리는 풀잎같이 바람에
감사하는 것

손끝에 빛나는 별빛같이
겸손해지는 것

그런데도 정녕
나를 두고 가시렵니까?

그리움

하늘로 날아오르려고 하는
그네 의자에서는 보이지 않는
얼굴

검지와 중지 사이
담배 연기로 사라진
얼굴

맴맴 어디로 갔을까?

손에 장을 지질까?

배추흰나비 한 쌍
뜻 모르게 간 곳 없는

맴
맴.

창동 골목

어느 봄날, 나비가 되어 날았었다

소문들이 끝없이 숭숭했던 골목
잊혀진 사람들이 스스럼없이
겉옷을 벗어 들고 거닐었던 골목
된장 냄새와 비릿한 어창의 냄새가
슬몃 스며든 골목

하늘이 어둡고, 청춘이 가고
비가 내리고 하여도
오늘 다시 꽃이 돋아나는
삶의 그리움이 묻어 있는 골목

나비가 난다
봄의 날개가 퍼덕인다
말간 햇살 빛나는 창동 뒷골목.

다시, 시라는 이름으로

궁핍해진 마음을
노을이 타는 합포의 물결로
갑옷처럼 감싼 시인이여!

다시, 시라는 이름으로
묵은 된장 뚝배기 같은 구수한
사람의 노래를 읊을 수만 있다면

굳이 억지스럽게 미학을
말하지 않더라도,
세월의 잔상을 불러내지 않더라도,
무학산 십자바위에 걸터앉은 바람을 타고
들짐승 같은 마음으로
세상을 떠돌 수가 있겠네

말하라 시인이여!

다시, 시라는 이름으로
묵은 된장 뚝배기 같은 구수한
사람의 노래를 각(刻)하라

나의 시여.

향일암(向日庵) 가는 길

부처가 저무는 햇살을 따라
열반에 들었다는 길

해가 부르는 구도의 길이
아니었다.

사람에 취해 사람이 먼저
걸어간 길

부끄러워라

바다를 건넌다고,
감히 누가 해를 좇는다고
했던가?

입 닫고, 귀 닫고, 눈 닫아도
귀싸대기가 벌겋게 뒤집어지는
길.

제4부 섬

수구레국밥

한 솥 가득 펄펄 끓어 넘치는 수구레국밥에 막걸리 한 잔이 그립다는 오랜 벗 박 원장을 따라 창녕군 이방면 옥 야마을 오일장에 갔었네.

산토끼가 깡충깡충 뛰어서 산 고개고개를 넘어 알밤을 주워 온다는 그곳.

이승에서 힘을 다한 쇠 한 마리가 가죽으로 생명을 걸어 두기 전, 마지막 남긴 이름 수구레. 입안에서 슬슬 녹는 그 이름이 살아 있는.

뭇사람들의 사랑이 마음의 숨골에 아직도 노란 알 계 란 동동 띄운 기억으로 남아 있는 향기다방 버젓한 시골 마을.

수구레국밥 한 그릇에 바짝 치켜든 고개가 절로 수그 러지는.

단풍 들었네

어제 걸어온 길을 더듬어 보고,

얼마쯤 남았을까?

오늘 걸어갈 길을 생각해 보면
기쁨도 슬픔도 모두가
하나인 듯한데

신발을 고쳐 신고 올려다본
한로 지난 나뭇가지

얼마나 매를 많이 벌었는가

이슬도 힘에 겨워
단풍 들었네.

가을날

길이 아니면 가지 말라고 하시던
어른들의 말씀이
곰곰 되새김질되는 가을날입니다

세상에는 잊혀진 가을의 끝과
돌아올 가을날의 시작이
양떼구름처럼
철철 마음에 흐르지만

언제나 부족한 삶에 의지한
몸 한 채는 뒷골목을 그림자처럼
왕래하는 고양이의 부드러운
발걸음입니다

미안하고 부끄럽습니다.

세월

먼 산이 가깝게 보인다는 것은

마음에도 세월이 쌓였다는 것입니다.

뭐, 더 바랄 게 있습니까.

긴 침묵의 시간 속으로

이제는 그저 흘러가는 것입니다.

사랑하고 또 사랑했다는 이름표 하나

세상의 가슴팍에 걸어 두는 일입니다.

감사하고, 고마웠다는 한 말씀

나에게 전하는 일입니다.

뭐, 바랄 게 더 있겠습니까.

항아의 노래

금기가 되어 버린 이름
항아(嫦娥)는 어디로 갔을까?

비 오는 날 중천에 뜬 달을 그리며
기울이는 막걸리잔 속에
풍덩 빠져든 계궁(桂宮)

거기에도 비가 내리는가요?
바람이 부는가요?

은하수 건너 못다 한 연(緣)을 따라
옥토끼로 징검다리를 놓습니다
호접몽을 꿉니다

화용월태(花容月態) 부푼 가슴에
술잔은 채워지고, 또 비워지고
항아의 노래는 끝이 없습니다.

섬 1

분주한 도심 속에도
섬이 있다는 사실을 몰랐네

가끔씩 바람이 불고
물살이 흔들리기도 하지만

휘황한 불빛을 삼키는
독백의 그림자에
그저 떠밀려 가는 섬

피안을 찾는 흔들의자에
뭉뚱그려져 쌓이는 무게만큼

홀로 부르는 노래는 들리질 않고
고요로움은 사치였네

이승과 저승을 오가는 날개가
가려운 침묵의 영역.

섬 2

물감을 잔뜩 묻힌
검은 개미의 다리 하나가
뚝, 하고 떨어졌다

눈에 감긴 인연
바람으로 불어와
바다가 되고 파도가 되었다

아는가?
멀고도 먼 고도(孤島)
멍울진 가슴 언저리에
멈춰 선 개미 한 마리.

섬 3

섬은 외로움으로 떠다니고
더는 갈 곳이 없네

길을 잃은 사람들을 부르는
푸른 영혼의 소리

누구를 사랑하였고
누구를 미워하였냐고
묻지를 않네

오랜 습성처럼
드나드는 들숨과 날숨이
숨겨 둔 방점 하나

해가 되고 달이 되어
잠겨 드는 섬.

꽃, 적멸

다시는 말하지 못하리라

바람이 불고 해가 지는 순간들

가고 오는 찰나의 꽃

한 무덤

피고 지는.

이편한세상 16층 1

한 번쯤 자유롭게 날아 봤음 했던 소싯적 꿈은 하루하루를 연명해 나간다는 게 깊어질수록 하늘 문을 여닫는 소리로 이명처럼 선명하게 귓전에 내려앉는데, 늘그막에 무슨 복인가 싶어 둥지를 틀은 이편한세상 아파트 16층은 천상계도 지상계도 아닌 그냥 허공. 무심코 손가락 끝에 와 닿는 담배 한 개비조차도 순순히 허락하지 않는 절대적 공간.

이편한세상 16층 2

아따! 고것
쳐올릴까 보다

아따! 고것
주저앉힐까 보다

설레지도, 부풀어 오르지도 않는

16층 이 편한 아파트

감옥살이의 하늘.

시집을 읽다가 문득

—노 시인에게

노 시인의 시집을 읽다가
이제 그만, 시가
그를 놓아주었으면 좋겠다는
생각을 문득 한다

나를 위해 불렀던 노래가
어제 너를 위한 노래가 되었고
너를 위해 불렀던 노래가
오늘 나를 위한 노래가 되어 있듯이

바람이 기억하는 것처럼
평생을 떠돈 삶은
추억하는 사람들의 몫으로 남겨 두고

미련도 없이 잠시 쌓였다가
사그라져 가는 바람의 연흔(漣痕)
그 아련한 인사를 생각한다.

바람·꽃

바람이 불어오는 곳으로
화살을 쏠까요?

꽃이 피고 변명이 필요 없는
나라에 쓸쓸한 침묵이
오감을 열고 꿈을 꿉니다

하얗게 혼을
불태워 가는 정수리 사이로
나를 들여다보세요.

날갯죽지 꺾인 새들을 보았네

잿빛 하늘이 진눈깨비를
헝클어 놓던 날, 더 이상 날지를
못하는 새들을 보았네

세상 가장 낮은 자리에 웅크리고 앉아
오늘의 일용할 양식과 찢겨진 생각들을
날 선 발톱으로 긁어 대는 날갯죽지 꺾인
새들을 보았네

'신의 나라는 네 안에 있다'고

누군가는 해와 달, 빛 그림자를 따라
퍼덕이는 날갯짓에 생 모이를 던져 주지만
어제의 핍박이 오늘의 권력으로
활개 치는 내로남불의 땅에서
한번 꺾인 새들의 노래는 목청이 없네

간절한 휘파람 소리에도 화답하여
솟구쳐 오를 푸른 하늘이 보이질 않네

질긴 목숨 두고두고 애가 타는 청춘들이여.

●신의 나라는 네 안에 있다: 톨스토이. 루카 17장 21절, "보라 하느님
은 너희 가운데 있다."

만취
―1979 부마항쟁을 기억함

누깔이 얼얼하네. 귀가 윙윙대네. 코가 맹맹하네. 입안이 텁텁하네.

오장육부를 끝없이 씻고 또 씻어 내어도 목구멍에 걸린 청양고추같이 알싸하게 묻어나는 시월의 마산이여!

가을이 가고, 겨울이 가고, 진즉 봄도 왔다지만 발딱발딱 몸을 일으켜 하늘을 우러러보고 땅을 살피는 꽃 같은 마음은 없고 상가지구(喪家之狗)만 컹컹대는 오늘 나의 만취를 어찌할꼬.

나직한 질문, 결연한 수치

김영범(문학평론가)

> 불의를 저지르고
> 처벌받지 않는 것이
> 가장 나쁜 것이다.
> ─소크라테스

자유의지라는 새 율법

창세기는 율법을 깨뜨리고 지혜를 가지게 된 아담과 그의 아내가 가장 먼저 깨달은 것이 자기들이 아무것도 걸치지 않았다는 사실이었다고 전한다. 주지하듯이 그들의 첫 번째 앎은 나신(裸身)이 부끄럽다는 생각으로 이어졌다. 이처럼 신과의 약속을 저버림으로써 악은 발명되었다. 자신들의 몸에서 어떠한 선도 발견할 수 없었기에, 적신(赤身)의 노출은 수치심을 안겨 주었다. 이것이 끝이 아니었다. 그들의 죄과를 후손이 상속받게 되었다. 그리고 이 사건 이후 아담은 수고로운 노동을 견디며 생계를 이끌어 나갔으며, 그의 아내는 임신과 출산의 고통을 감내해야만 했다. 겪어 내고 있는 바와 같이 이 또한 대물림되고 있다.

한데, 아담의 아내가 비로소 하와라는 이름을 얻고 모든 산 자의 어머니가 될 수 있었던 계기는 금기의 위반이었다. 그녀를 아담에게 준 이가 누구인지를 기억한다면, 신의 금지가 애초부터 처벌을 염두에 두었음을 짐작할 수 있다. 요컨대 아담과 하와는 생명의 열매가 아니라 금단의 과실을 먹어야만 했다. "너는 흙이니 흙으로 돌아갈 것이니라." 신의 말씀에 담긴 것은 영생할 수 없는 인간 일반의 운명이었다. 심신이 성숙한 인간은 배필을 구하고 제힘으로 살아야 한다. 신께서 치부(恥部)를 가린 그들에게 지어 주신 가죽옷과 아담에게 부여한 노동은 그런즉 최초의 문화를 상징한다.

그렇다면 선은 어디에 있는가. 성경을 텍스트 자체로 읽을 때, 답을 찾을 수도 있겠다. 아담과 하와의 행위와 그들이 가린 곳이 가리키는 대로, 구약이 일러 주는 것은 기실 악이 욕망과 관련된다는 점이다. 개체의 생존과 종의 존속을 위한 식욕과 성욕은 노동과 가정으로 떠받칠 수밖에 없다. 그들이 퇴거된 이유는 오로지 둘의 힘으로 자신들의 동산을 꾸리는 사명을 수행할 때가 왔던 탓이다. 그들이 깨치고 느낀 악과 부끄러움은 따라서 새 율법을 이행하지 않고 있다는 데에서 오는 죄책감이라고도 하겠다. 그러니 그들이 사면받기 위해서는 예의 소명에 충실해야 한다. 죄를 저지른 바로 그 자유의지로 말이다.

우두커니, 겸연쩍은 우리들

신화가 알려 주는바 수치심은 유년기 인류의 감성에서 핵심을 이루고 있었다. 예컨대는 그것을 감추기 위해 무화과 잎사귀로 만들어 입은 치마 대신에 가죽옷을 받는 통과의례를 거쳐, 인류는 성년기로 진입해 왔다. 인간으로 태어나 치르는 세계에서의 투쟁은 그러므로 형벌만은 아니다. 모두가 동일한 상황에 놓였기 때문이다. 하지만 카인의 인정욕구가 빚어낸 비극이 시사하듯이, 인간은 질투하는 존재이다. 모든 문제의 기원이 여기에 있다. 세계가 아닌 인간을 대상으로 했을 때, 투쟁은 결국 약탈이 된다. 사유를 중지시키고 무리의 목소리에만 귀를 기울이면, 극단적인 폭력도 정당화된다. 그러므로 한나 아렌트가 말했던 자책감이 없는 '악의 평범성'이야말로 대속하지 못할 죄일지도 모른다.

허나 인류의 문화는 삿된 욕망의 부끄러움을 자성하고 신실하게 더불어 살아온 이들에 의해 발전해 온 것도 사실이다. 문화의 꽃이라고 할 시 역시 마찬가지의 도정을 거쳐, 마침내 우리 모두의 소유로 돌아왔다. 강신형의 이번 시집에서 가장 두드러지는 정서인 부끄러움도 같은 맥락에서 읽을 수 있다. 일테면 「가을날」의 주체는 "길이 아니면 가지 말라"는 훈계를 되뇌며, "잊혀진 가을의 끝과/돌아올 가을날의 시작"에 우두커니 서 있다. 작년과 올해의 가을이 맞물리는 우주적 순간을 목도하지만, 그 충만함에 대비되어 자신의 보잘것없음이 부각되는 찰나이다. 경구를 지키며 살지 못했기 때문이겠다. 그런데 "언제나 부족한 삶에 의지한/몸 한 채"인 자신을 응시하는 주체의 미안함과 부끄러움에는 뚜렷한 대상이 없다. 한즉 그의 "부드러운/발걸음"이 드러내는 조심스러움은 우선은 불특정 다수를, 어쩌면 우주를 향한 것으로 보인다.

> 푸른 잎 그늘에 앉아 한나절 밝아진 눈을 좋아라 한 나는, 좀벌들의 사랑 노래가 피는 소리를 보지 못했네

> 꽃을 피우고, 피우지 않는 마음도 생김 그대로가 거룩한 말씀이 되고 꽃이 됨을 정작에 몰랐네

> 가죽옷을 입혀 주신 선한 방이여

> 아, 부끄러워라.
> ─「무화과」전문

무화과나무가 피운 꽃이 수정되고 열매로 맺히는 일체의 과정은 자연의 순리에 따라 진행된다. 그렇지만 나무의 넓은 잎이 베푼 시원한 그늘에서 부시지 않은 눈으로 세상을 관조했던 주체는 '정작' 눈치채지 못했다. 막상 열매가 익고 난 후 뙤약볕 아래서 피어나던 "좀벌들의 사랑 노래"를 되짚어 본다. 제 즐거움에 취해서 놓친 아름다운 한때를 말이다. 그제서야 그는 "생김 그대로가 거룩한 말씀"이라는 섭리와 이것의 육화를 간취한다. 어느 가을날의 깨우침이다.

이렇게나 그는 뒤늦게 깨닫는다. 에피메테우스라는 점에서는 우리라고 크게 다르지 않으니, 부끄러움은 그만의 몫은 아닐 것이다. "가죽옷을 입혀 주신 선한 방"이라는 우주에서 무화과처럼 내면으로 익어 갈 수 있는 존재가 인간이라는 이 시의 전언에는, 부끄럽다는 자의식이 우리를 성숙시키는 촉매가 된다는 생각이 깔려 있다.

일생을 추위로 견뎌 낸

그대의 환한 말씀

한 갑자를 뛰어넘고 선

오늘 아침, 고맙게도

내 이목구비에 피었는데

아직도 오지 않은 봄은

꽃이 될래? 별이 될래?

묻고 선 부끄러움.

—「매화」 전문

강신형의 시에서 부끄러움은 주로 주체와 우주적 자연과의 맞대면에서 움튼다. 또한 "한 갑자를 뛰어넘고 선"이라는 구절이 증명하듯이 주체는 시인 자신과 겹쳐진다. 그러니 매화의 "환한 말씀"과 대조되는 얼굴의 검버섯에서 비롯했을 "고맙게도"는 자조적인 반어겠다. "일생을 추위로 견뎌 낸" 매화 앞에서 주체의 심정은 복잡미묘하다. 예순을 넘겼지만 "아직도 오지 않은 봄"을 기다리고 있다고 여기는 까닭에서다. 그도 세상의 추위에서 자유롭지 못했던 것이다. 여전히 생의 나날이 남은 그가 거울 앞에서 던지는 자문을 보자. 꽃과 별은 지상과 천상에서 가장 빛나는 존재들이다. 그러므로 그는 여직도 자신이 무언가가 될 수 있다고 믿는다고 보아야 한다. 그럴 것이 시쳇말로 '60은 청춘'이 아니던가. 하지만 귀를 열고 있어도 세계는 답을 내놓지 않는다. 이순(耳順)을 지나도 세상의 이치는 오리무중이다. 그래서 주체는 저렇게 어정쩡하게 서 있다. 우리는 어떨까?

해가 부르는 구도의 길이
아니었다.

사람에 취해 사람이 먼저
걸어간 길

부끄러워라

(중략)

입 닫고, 귀 닫고, 눈 닫아도
귀싸대기가 벌겋게 뒤집어지는
길.

—「향일암 가는 길」부분

    수도를 위한 도량(道場)은 대개 명승지다. 수행자는 자연
이 빚어낸 조화의 극치 속으로 들어감으로써 자신과 우주
를 아울러 들여다보고 인간(人間)을 내다보는 시야를 마련
하여 수련에 든다. 일반인의 경우는 좀 다르다. 명승은 구
경거리가 된다. 그곳을 찾아가 감탄하다 이내 돌아서 나와
야 한다. 일상의 터전이 거기가 아닌 탓이다. 해서 가람(伽
藍)은 실지로는 결코 닿지 못할 곳이다. 기착지마냥 들르
기에 그곳을 찾아가는 여정은 "구도의 길"일 수 없다. 그저
"사람에 취해 사람이 먼저/걸어간 길"일 뿐이다. 주체의 달
아오른 낯은 수행자와 일반인의 이러한 차이에서 기인한
다. 사찰을 오르는 돌계단에 자리한 동자상의 자세들이 보
여 주는 불언(不言)·불문(不聞)·불견(不見) 등 『법구경』의 가
르침은 따라서 알아들어도 온전히 실행할 수 없는 미덕들
이다. 더구나 일출에 붉게 물든 제 얼굴이 주체에게 보일
리 만무하다. 단지 그는 사람들 사이에서 자신의 민낯을 발
견했다. "향일암 가는 길"에 선 우리는 절간마저 속세로 물
들이는 서로의 거울이다.

복기(復碁)해야 할 소풍

앞에서 살핀 두 시와 달리, 강신형의 이번 시집에는 '거울'을 전면에 내세운 연작도 있다. 굳이 윤동주나 이상을 떠올리지 않더라도, 거울에 비친 스스로를 바라보면서 느끼는 불편함과 낯섦은 그것들로 둘러싸인 공간에서 살아가는 우리에게는 이미 익숙하다. 머릿속에 각인된 자기상과 어긋나는 모습이 불러일으키는 감정은 장년기까지는 그래도 만족감이나 성취감에 가까울 수도 있겠다. 그러나 중년기 이후에는 결이 달라져 자기상을 고집하기 십상이다. 이순(耳順)은 물론 불혹(不惑) 또한 지시적 의미가 되었고, 무엇보다 고희(古稀)는 원래의 뜻을 잃어버린 시대가 아닌가. 그럼에도 노화 자체를 되돌릴 수는 없다. 늦출 수는 있다. 이러한 현실이 새로운 욕망을 낳는다. 바야흐로 남아 있는 기나긴 시간 앞에는 혹할 것으로 번창한 세상이 펼쳐져 있다.

적당한 간격을 두고
마주 선 평면에는
하얗게 빛이 바랜 오늘이
걸려 있고

땡~ 하고
시간의 절벽에 갇힌 그대는
아직도 푸른 망토를 두른
고래 한 마리를 그리네

풀려라 마법이여.

―「거울 4」 전문

　욕망과 반성의 벡터는 반대이다. 앞엣것은 미래를, 뒤엣것은 과거를 정향한다. 하지만 전자가 근본적으로 현재에 매여 있는 데 반해, 후자는 과거를 경유하여 궁극적으로는 미래를 계시한다. 위의 연작에서 스스로 만든 거울에 들어간 것을 "빙벽이 되고 나서야 알게 되었다"라고 했으므로 주체는 확실히 지난날을 돌아보고 있지만(「거울 1」), "누구라고 감히 부를 수 없는//이름의 평면"이라고도 말하니 실은 규정할 수 없는 어떤 '이름'으로서의 미래를 상상한다고 해도 되겠다(「거울 2」). 강신형 시의 반성도 동일한 궤도를 그리는 것이다. "적당한 간격"을 유지하는 거리가 암시하는바 위의 시에서 주체는 "하얗게 빛이 바랜 오늘"의 자기를 부정하지 않는다. 거울 앞이지만 겉모습에 사로잡히지도 않았다. 대신에 "시간의 절벽에 갇힌" 자신의 오래된 꿈을 상기한다. "땡~ 하고" 잊었던 소망이기에, "풀려라 마법이여"라고 주체는 외친다. 자처해서 갇힌 거울이므로, 아집의 자기상을 깨기 위한 주문이라 하겠다.

　　뒤돌아보지도 마라, 한눈팔지도 마라
　　발끝에 차이는 돌멩이의 아픔과
　　등줄기를 타고 내리는 땀방울은

숙명이었고, 눈물이었다고

생각하자

그러다가 이랑 깊은 한순간

워~어 하고 깃발이 꽃바람을

흔들어 대는 날이 오면

그제서야 늙은 소의 눈망울이 되어

오랜 멍에를 내려놓자

　　　　　　—「이랴~이랴, 자랴~자랴」 부분

　　인용 첫 행에서 자신에게 내리는 두 명령은 앞 시의 주
문과 통한다. 표면적인 의미가 갈라지는 연유는 과거의 한
때를 회고하고 지금과는 다른 곳을 봐야 되돌릴 수 있는 꿈
이 누구에게나 있(었)기 때문이다. 주체는 과거를 벌써 돌
아봤으며, 가야 할 방향이 이제 확고해졌는가 보다. 그래서
스스로를 소에 투사하는 것이다. 이 동물에 자연스레 따라
붙는 우직함이 이유겠다. 그렇게 여생을 일구겠다는 맹세
의 무게를 타자가 가늠하기란 어렵다. 다만 '아픔'과 '땀방
울'을 '숙명'과 '눈물'로 삼겠다는 다짐을 담은 첫 연의 과거
가 현재에도 계속됨을 "생각하자"라는 마무리가 역설(力說)
하므로, 발부리에 돌이 차이고 등에 진땀이 흐른 경험들로
그것의 하중을 헤아릴 따름이다. 그러나 "이랑 깊은 한순
간"과 유사한 일을 겪었다면, 아뜩했던 그 감각을 되새기며
주체의 마음가짐을 짚어 볼 수는 있으리라. 주체가 자신을

채찍질하는 진짜 이유는 그 순간, 즉 "오랜 멍에"를 벗을 때가 언제인지를 알지 못하는 데 있을 것이다. 사는 곳을 옮기는 일과는 달리, 기약이 없기에 "잘 있거라"라는 인사의 준비는 늘 부족할 수밖에 없다(「이사」).

하여 「머릿속에서 종이 울렸다」에서 주체는 "수십 번이고 사랑과 감사에 대한 인사를 준비"하는 모습을 보인다. 이러한 강박적 반복으로 이번 시집의 많은 시편처럼 시인과 주체는 가까이 앉아, "나직하게 불러 보는 '고마웠다'는 인사 한 말씀"을 건넨다. 조용한 목소리로 '고맙다'가 아니라 '고마웠다'라고 말한다. 낮게 깔린 소리는 상대와의 물리적 거리가, 격식을 차리지 않은 표현은 심리적 친분이, 과거형은 누적된 세월이 원인이겠다. 그런데 '고마웠다'는 '내'가 하는 '말씀'이다. 상대방에게 자신의 말을 겸손히 이를 때 쓴다. 말하자면 주체는 물리적으로도 심리적으로도 가까운 이에게 함께한 시간들에 대한 감사의 말씀을 올린 것이다. 누구일까? 실마리는 "불러 보는"에 있을지도 모르겠다. 드디어 "'바람의 노래'를 풀어놓을 수가 있었다"라고 했으니, 강신형은 고마움의 가락을 연주하는 게 아닐까. 「시인의 말」에서 "햇살과 구름과 바람에게 그저 고마워할 뿐"이라고 했지만, 그 마음을 담은 시는 사실 독자를 향한 발화가 아니던가.

흔들리는 풀잎과 나뭇가지를
사이에 두고 서 있는 한 장의

사진

마음 찐한 친구들과
손가락을 걸고 어쩌면 마지막으로
걸었던 길이 되었을 법도 한
소풍

사진 속
한 아이가 뒷짐을 지고 선
내게, 이제 와 나직이 묻는다

여여(如如)했던 사람의
안부를.

—「소풍」 전문

　주체는 어릴 적 친구들과 찍은 사진을 우연히 보게 되었
다. "어쩌면 마지막으로/걸었던 길이 되었을 법도 한/소풍"
이란 부분에서 그것을 가져온 이를 오래 만나지 못했음을
알 수 있다. 뒤늦어 성사되지 않았을 수도 있었다고 고백하
니, 이 만남이 주체의 마음을 찐하게 한 것은 당연하다. 한
데 문득 그에게 말을 붙이는 "사진 속/한 아이"의 정체가
궁금해진다. 아마도 다시 만난 친구라는 게 일반적인 독해
겠다. 그러나 "여여(如如)했던 사람의/안부를"에서 그런 독
법은 의구심에 부딪히고 만다. 주체가 변하지 않은(如如) 데

가 외모는 아니겠기 때문이다. 사진 속의 아이와 한세상을 건너와 "뒷짐을 지고 선" 자신에게 여일(如一)한 것으로 마음 이외에는 생각하기 어렵다. 그것을 알아볼 이는 자신뿐이다. 요컨대 주체는 어린 날의 순수함이 여태 남은 자기를 저 사진이라는 또 다른 거울로 확인한 것이다. 흔적만이더라도 말이다. 이 점에서 이 시는 천상병의 「귀천」을 연상시킨다. 강신형은 인생이란 소풍에서 아직 돌아가지 않은 우리들에게 옛 사진을 꺼내 볼 것을 권하는 게 아닐까.

내로남불의 악무한

강신형의 이번 시집에서 핵심을 차지하는 이미저리는 얼굴빛을 살피거나 옷차림을 고치기 위한 목적이 아닌 자신의 내면까지 비추는 역능을 가진 거울이다. 그런 만큼 우리는 자기 성찰에 매진하는 주체를 시집의 도처에서 조우한다. 어떤 시에서는 정갈하고 홀가분하게 늙은 모습을, 다른 시에서는 늙어 가는 일을 받아들인 자의 자조와 해학을, 또 다른 시에서는 늙어 감 자체를 우주적 사유와 접목시키는 시적 상상력을 만날 수 있다. 그의 시에서 반성은 일차적으로 자신을 향하는 것이다. 그런즉 그의 시는 훈계하지 않는다고 해도 되겠다. 그가 동시대의 시에 대해 이의를 제기할 수 있는 근저에는 이러한 젊음이 있다. 그는 "굳이 억지스럽게 미학을/말하지" 않는 "구수한/사람의 노래"를 요청한다(「다시, 시라는 이름으로」). 그에게 시는 "감사하고, 고마웠다는 한 말씀//나에게 전하는 일"이어야 한다(「세월」). 우리를 대신해 부르는 노래가 시이므로, 여기서의 '나'를 시인이라고만 읽는다면 오독이다. '나'를 위한 노래가 '너'를 위한 노래로 화하고, '너'를 위한 노래가 '나'를 위한 노래로 바뀌어, 사람들 사이를 오가면서 퍼져 나가는 것이 강신형이 생각하는 시의 권능인 까닭이다.

> 나를 위해 불렀던 노래가
> 어제 너를 위한 노래가 되었고
> 너를 위해 불렀던 노래가
> 오늘 나를 위한 노래가 되어 있듯이
> ─「시집을 읽다가 문득─노 시인에게」 부분

그래서인지, 강신형의 이번 시집에서 우리는 다소 격정적인 어조와 분노 그리고 이것들의 원인임이 분명한 현실 정치에 대한 혐오와 마주칠 때도 있다. 그러나 이는 돌발적인 국면이 아니다. 수치심은 스스로의 존재에 대한 규정에서 촉발되지만, 죄책감은 자신이 저지른 행동에서 기인한다. 그런데 둘에 선후가 있을까? 잘못된 행동이 죄책감을 낳고, 죄책감이 자신에 대한 수치심으로 이어지며, 승화되지 못한 수치심이 자기 합리화를 통해 악무한을 계속하는데 말이다. 더욱이나 수치심은커녕 죄책감도 없는 자들이 악의 실행자가 되는 현실이 아닌가. 강신형의 자기 성찰이 겨냥하는 한끝에는 '내로남불' 참회하지 않는 자들이 있다. 그리고 그들을 그냥 놔두는 지금-여기의 우리가 있다. "'비겁하다, 비겁하다' 하고/윙윙대는/한 쌍의 슬픈 좌우"의 뇌리에 공명하여 증폭된 저음으로(「이명—좌우」), 그는 우리의 안부를 "나직이 묻는다"(「소풍」). 강신형의 시에는 김수영의 자취 옆에 부마항쟁의 연흔(漣痕)이 가시지 않았다. 권력과 억압과 강제를 거부하고 사랑과 평화와 자유를 부르짖었던 톨스토이의 바람이 여태껏 돋을새김되어 있다.

> 세상 가장 낮은 자리에 웅크리고 앉아
> 오늘의 일용할 양식과 찢겨진 생각들을
> 날 선 발톱으로 긁어 대는 날갯죽지 꺾인
> 새들을 보았네
>
> '신의 나라는 네 안에 있다'고
>
> (중략)
>
> 간절한 휘파람 소리에도 화답하여
> 솟구쳐 오를 푸른 하늘이 보이질 않네
>
> 질긴 목숨 두고두고 애가 타는 청춘들이여.
> —「날갯죽지 꺾인 새들을 보았네」 부분